Ce livre appartient à

_____

Boucle d'or
et les
Trois Ours

ILLUSTRATIONS

Elizabeth Miles

Mango

Dans la même collection

Adaptation Jennifer Greenway
Traduction Ariane Bataille
© Editions Mango 1993 pour la langue française
Goldilocks and the three bears copyright © 1991 by Armand Eisen
Dépôt légal : janvier 1997
ISBN 2 7404 0225 2
Impression Publiphotoffset - 93500 Pantin

Boucle d'or
et les
Trois Ours

Il était une fois trois ours qui vivaient au milieu des bois dans une petite maison. Il y avait Papa Ours, Maman Ours et Bébé Ours.

Tous les jours, les trois ours se préparaient une délicieuse bouillie pour le petit déjeuner.

Mais comme la bouillie était beaucoup trop chaude, ils décidèrent d'aller se promener dans les bois en attendant qu'elle refroidît.

Ils étaient à peine partis qu'une petite fille, qui s'appelait Boucle d'or, apparut.

Elle s'était perdue dans les bois. Quand elle vit la maison des ours, elle en oublia son chagrin.

"Quelle jolie maison, se dit-elle. Je me demande à qui elle appartient !"

Elle s'approcha, frappa à la porte, attendit un bon moment, mais personne ne répondit.

Elle fit le tour de la maison, se dressa sur la pointe des pieds pour coller le nez à la fenêtre. Elle regarda à l'intérieur, mais ne vit personne. Elle écouta attentivement. Aucun bruit. Alors, elle se décida à tourner le bouton de la porte et entra !

La première chose
qu'elle vit fut la table
mise pour le petit déjeuner, avec ses trois bols
de bouillie. Boucle d'or avait très faim et
adorait la bouillie, elle en goûta un peu dans
le grand bol. Mais la bouillie était beaucoup
trop chaude !

"Aïe !" cria-t-elle en lâchant la cuillère.

Elle goûta alors le bol moyen. Mais la bouillie était beaucoup trop froide !

"Dégoûtant", fit-elle avec une horrible grimace.

Puis elle goûta le tout petit bol. Cette bouillie était parfaite !

"Miam, dit-elle avec un sourire gourmand, délicieux !"

Elle en reprit une cuillerée, puis une autre, et une autre encore. Avant d'avoir pu dire ouf ! elle avait avalé toute la bouillie de Bébé Ours !

Puis Boucle d'or vit les trois fauteuils installés devant la cheminée. Il y avait un très grand fauteuil, un fauteuil moyen, et un tout petit fauteuil. Elle grimpa dans le très grand fauteuil.

"Aïe ! cria-t-elle. Ce fauteuil est beaucoup trop dur !"

Elle essaya ensuite le fauteuil de taille moyenne.

"Oh ! soupira-t-elle en s'enfonçant dans les coussins, ce fauteuil est beaucoup trop mou !"

Elle s'installa enfin dans le tout petit fauteuil.

"Ah ! fit-elle en souriant, ce fauteuil est parfait !"

Mais à peine avait-elle terminé sa phrase qu'elle se retrouva par terre.

"Oh! mon Dieu !" s'écria-t-elle.

Le tout petit fauteuil de Bébé Ours venait de se briser en mille morceaux !

Boucle d'or décida alors de monter dans la
chambre des trois ours. Là, elle vit trois lits
côte à côte. Il y avait un très grand lit, un lit
moyen, et un tout petit lit.

Elle essaya d'abord le très grand lit, mais
elle en ressortit immédiatement.

"Oh ! non, dit-elle, ce lit est vraiment trop haut !"

Elle essaya alors le lit de taille moyenne.

"Oh ! mon Dieu! fit-elle en fronçant le nez, ce lit est vraiment trop bas !"

Et elle essaya enfin le tout petit lit.

Ce lit était parfait !

Boucle d'or ferma les yeux et s'endormit aussitôt.

C'est alors que les trois ours revinrent de promenade.

Ils avaient très faim et se réjouissaient à l'idée de manger leur délicieuse bouillie.

Dès qu'ils eurent refermé la porte derrière eux, ils s'installèrent à table.

Papa Ours regarda son grand bol et dit d'une grosse voix :

"Quelqu'un a mangé dans mon bol !"

Maman Ours regarda son bol et dit :

"Quelqu'un a mangé dans mon bol !"

Bébé Ours regarda son petit bol et s'écria d'une toute petite voix :

"Quelqu'un a mangé dans mon bol et ne m'a rien laissé du tout !"

Très en colère, les trois ours s'installèrent devant la cheminée.

Mais dès qu'il se fut assis dans son grand fauteuil, Papa Ours gronda de sa grosse voix :

"Quelqu'un s'est assis dans mon fauteuil !"

Maman Ours s'exclama à son tour :

"Quelqu'un s'est assis dans mon fauteuil !"

Et quand Bébé Ours vit son tout petit fauteuil, il s'écria d'une toute petite voix :

"Quelqu'un s'est assis dans mon fauteuil et l'a cassé en mille morceaux !"

Ne pouvant ni manger, ni s'asseoir, les trois ours décidèrent d'aller se coucher.

Papa Ours regarda
son grand lit dont les
couvertures étaient
par terre. Il fronça
les sourcils et gronda
de sa grosse voix :

"Quelqu'un a dormi dans mon lit !"

Maman Ours regarda son lit dont les
coussins avaient été éparpillés et dit :

"Quelqu'un a dormi dans mon lit !"

Et Bébé Ours, quand il vit son lit, s'écria de
sa toute petite voix :

"QUELQU'UN EST EN TRAIN DE
DORMIR DANS MON LIT !"

La toute petite voix de Bébé Ours réveilla en sursaut Boucle d'or qui ouvrit les yeux et vit autour d'elle les trois ours.

Elle eut si peur qu'elle bondit hors du lit, dévala l'escalier à toute vitesse, se précipita dehors et ne cessa de courir que quand elle fut arrivée chez elle.

Les trois ours décidèrent, quant à eux, de se préparer un nouveau petit déjeuner bien chaud, et plus jamais ils ne revirent Boucle d'or.